Edson Cruz

# NEGRURA

KOTTER EDITORIAL

*Coordenação editorial*
Sálvio Nienkötter

*Editor-executivo*
Daniel Osiecki

*Editor-adjunto*
Claudecir de OLiveira Rocha

*Capa e Design editorial*
Carlos Garcia Fernandes

*Produção*
Cristiane Nienkötter

*Preparação de originais e revisão*
O Autor

*Foto do autor*
Alexandre Ignacio Alves

I*magem de capa*
Alexandre Ignacio Alves
*Suite Lucas* #4 (2021)
Nanquim sobre papel
7x21 cm

*Obras no miolo do livro*
KANDRO
*Cabeça Trágica* [pintura digital], p. 10
*Série Depressão* [Ontologia] (2021)
Técnica mista sobre painel
25x25 cm

Citações de Frantz Fanon, do livro
*Pele Negra, Máscaras Brancas*, Ubu
Editora, 2020.

Dados Internacionais de Catalogação na Publicação (CIP)
Angelica Ilacqua CRB-8/7057

Cruz, Edson
Negrura / Edson Cruz. -- Curitiba : Kotter
Editorial, 2022.
96 p.

ISBN 978-65-5361-138-2

1. Poesia brasileira I. Título

CDD B869.1

22-4558

Kotter Editorial
Rua das Cerejeiras, 194
82700-510 | Curitiba/PR
+55 41 3585-5161
www.kotter.com.br
contato@kotter.com.br

Feito o depósito legal
1ª Edição
2022

Edson Cruz

# NEGRURA

*das coisas que vivi*

*e vivo*

*nada me celesta.*

# SUMÁRIO


HOMELESS 13

BANZITUDE 14

LIMA BARRETO 16

NEGROR 19

NÃO 20

URBANITUDE 21

SONETO DE BOLSO 22

COFFEA ARABICA 25

AS FUGAS DE DIDI 26

BLUES 27

DIÁSPORA 28

FLORA 33

CRUZ E SOUZA 35

ALVEJADOS 36

CHEGA DE DEMANDA 41

GÊNERO HUMANO 42

CALUNDÚ 43

LUSOFONIA 52

MINISTÉRIO DO ULTRAMAR 54

TRAMAS 61

TERRA BRASILIS 63

ÓPIO 67

A ESPERA DO NUNCA MAIS 71

DE TOCAIA 77

GARATUJAS 78

DISSEMINAÇÃO 84

MISE EN ABYME 85

DA URBANITUDE:
NOTA SOBRE
"NEGRURA", DE EDSON CRUZ 87

SOBRE OS ADINKRA 93

## HOMELESS

encontrado morto.

calado.

calejado da luta pela vida.

herói anônimo de santos

e tantos milagres

econômicos.

não teve homenagens póstumas.

nem epitáfios espirituosos.

foi enterrado sem pompas

em cova rasa.

apenas um sabiá

trinava

ao ouvido do morto.

## BANZITUDE

pesam em meu lombo
onomatologias bem suspeitas.

sou zé e filho de edward
um desterro sem quilombo à vista
e sobre o nome
a entrevista cruz.

sou nenhum
mulato pardo negro índio
mal parido
tingido e d'água salgada
vindo.

mesmo depois de liberto
com os sapatos rotos
um ilhéu
que o destino não quis
soteropolitano.

um grapiúna que descobriu
o frio no sul-
maravilha
um ex-seminarista
com cicatrizes à flor
da pele
não ungido
sem excesso de melanina
ainda longe da matéria alva
que se tingiu o mundo
irmão daqueles que não se alçaram
ao carro do êxito
e continuam sonhando
com um suposto e belo
fim.

## LIMA BARRETO

emerge do cemitério dos vivos
direto para o túmulo
dos acontecimentos cotidianos.
desviando-se dos vitoriosos
brada à inelutável que teima
em persegui-lo pelos bairros:
'nunca amei e nunca fui amado,
mas é no futuro que a existência
do verdadeiro homem
se consagra'.

*Enquanto eu esquecia, perdoava e somente desejava amar, minha mensagem me era devolvida como uma bofetada em pleno rosto.*

Frantz Fanon

## NEGROR

zunido de cigarras.

infância estourando

meus tímpanos.

o horror.

# NÃO

isso não

isso não pode

isso não pode mais

isso não pode mais continuar.

## URBANITUDE

ondular com a pantera
de Rilke
nesta jaula flexível
e invisível.
de tanto esquadrinhá-la
com meus passos
torná-la a única casa
habitável
e possível.

## SONETO DE BOLSO

*para Luiz Bacellar*

há tanta angústia antiga em cada corpo
em cada pedra onde o chicote grassa
e o necessário pranto se desgraça
em verso amargo ao avistar o porto.

*Que mundo? que mundo é este?*

Luiz Gama

## COFFEA ARABICA

passar todas as manhãs
no coador branco
da memória
o pó eurocêntrico
da história.
escoar o líquído negro
e inalar aquele aroma
de mouros
insurgentes.

## AS FUGAS DE DIDI

minha mãe chorava
nos ombros da pretinha magra
amiga da adusta Líbia
rainha por nós tão esperada.

sabíamos que logo partiria.

mais um ano de trabalho
doméstico e cotidiano
sem registro
sem direitos
na casa de uma família
grã-fina
do interior paulista.

## BLUES

quando eu morrer
quero estar em La Paz
lá onde o frio é azul-zulu
em um índigo quilombo do sul
irmanado à pele de tantos
que foram deixados
para trás.

## DIÁSPORA

o batuque do tempo
o tam-tam do tambor
não há trova ou feitiço
para o alívio da dor.

*A pátria, como a mãe, quando não existe para os filhos mais infelizes,*

*não existe para os mais dignos.*

Joaquim Nabuco

## FLORA

não há albergue que hospede
a solidão dessa mulher
a me olhar pelas manhãs
de seu ninho de papelão.

recolho seus olhos aos meus
de passagem.
ela nada me pede
mas me oferece a plena visão
de nossa miséria.

a civilização é um projeto
que não deu certo.

seus dias e noites
já não revelam a passagem
do tempo
nem o anseio de encontros
futuros.

os natais e carnavais
foram arrancados
de seu calendário
de quimeras.

nesta esquina qualquer
abraçada a seu abandono
continua a tecer lenta
em fogo brando
a imagem de nossa senhora
da desgraça.

seu nome carrega
a beleza
de uma infância
ou de um sonho.
esplendor que aflora
e ainda ressoa
sonoro
o acalanto nos lábios
de sua mãe.

## CRUZ E SOUZA

quando o fidalgo poeta

morreu

uma estrela se precipitou

cadente

e a escuridão fria

envolveu

os pontos luminosos

do poente.

## ALVEJADOS

balas
desviam-se
lábeis
perdidas
adestradas
elegem
hábeis
certeiras
como só elas
alvos
que passam
com passos
e peles
que não são
alvas.

*A noite, a grande noite está pousada em mim*

*escandalosamente!*

Oswaldo de Camargo

## CHEGA DE DEMANDA

num ato de pura magia
Angenor de Oliveira
tira rosas da cartola
e desaparece
em plena alvorada
enquanto moradores
cheios de demanda
descem o morro
da Mangueira.
é preciso ousadia
pra se tornar divino.

## GÊNERO HUMANO

homem explorando

homem

branco explorando

preto

preto explorando

preta

preta explorada

por todos

todos explorando

todes

## CALUNDÚ

eu não falo inglês
língua de bárbaros
sem esperança.
nem esperanto
língua sem alma
impossível ao canto.
me vingo toda noite
sonhando
em língua ancestral
banto.

*Não sou escravo da "ideia" que os outros fazem de mim,*

*mas da minha aparência.*

Frantz Fanon

me arrasto pelos cantos
como um grande inseto de Kafka
silencio qualquer anseio
busco o esquecimento
o anonimato
mas o mundo me identifica
de longe
não há como passar despercebido
minha aparência pisca
como um neon descontrolado
não sou e nunca serei como eles
resta-me o buraco escuro
de mim mesmo.

## PONTE PEQUENA

*para Oswaldo de Camargo*

dona chique andava pela minha rua
como se tudo fosse dela.
por sua desenvoltura
logo se via que não devia
nada a ninguém.
desfilava desimpedida
sem acanhamentos.
na Frei Antonio Santanna Galvão
exibia-se entre outros desfiles.
a cavalaria do Tobias de Aguiar
trotava barulhenta
sobre os paralelepípedos.
Dedé fazia sua coreografia de dribles
sobre os garotos brancos
do Bom Retiro.
a catadora de papelão evoluía
pela rua acima
como uma porta-bandeira

com sua coroa de lenços desgastados.

minha rua foi uma extensão

de minha infância.

ainda passeio por ela toda noite

como um rei a vistoriar

pacientemente

o espólio de seus antigos

domínios.

## GLISSANDO NO ABISMO

*os que só provaram viagens de desenraizamentos*
*os que se tornaram flexíveis nos ajoelhamentos*
Aime Césaire

o abismo
matriz de toda escuridão
negrume urdido no ventre
dc barcas abertas
aos desígnios do céu
e do insondável
mar.

o horror
de mortos empilhados
em espaço exíguo.
o fedor
o vômito
a doença
a degenerescência
o apocalipse sem fim.

o dilacerar

de corpos e mentes

o salgar do espírito

em violência extrema

seres arrancados da terra

pela raiz

a ressecar pelo trajeto

marítimo.

mas isso ainda não é tudo.

a fenda abissal

continua a alimentar

o inconsciente de todos

a se espraiar pela imensidão

do presente

e de seus futuros imaginados.

velas que se desfraldam

insuspeitas

impulsionadas pelo vento branco

do abismo.

## LUSOFONIA

ainda há muitos corpos
insepultos
muitas vozes com gargantas
decepadas
tantas marcas tatuadas
ainda em brasa
quantas frátrias fraturadas
em nome da pátria
tantas línguas encobertas
tantos ataques e sotaques
e sempre a mesma dicção
de aporia
a camuflar
soterrar
degenerar
com seu perfume de flor vulgar
a última do Lácio
a nos embriagar
à afasia

com seus acentos

seus desacordos ortográficos

e sua oceânica pretensão

de lusofonia.

## MINISTÉRIO DO ULTRAMAR

Ano Bom Arzila Ormuz Azamor
Ceuta Flores Agadir Safim
Tanger Acra Angola Mogador

Aguz Cabinda Cabo Verde Arguim
São Jorge da Mina Fernando Pó
Costa do Ouro Portuguesa Bahrain

Melinde São Tomé de Meliapore Solor
Guiné Portuguesa Amboina Socotorá
Quíloa São Tomé e Príncipe Ziguinchor

Fortaleza de São João Baptista de Ajudá
Macáçar Bioko Paliacate Cochim
Alcácer-Ceguer Mombaça Zanzibar

Ceilão Laquedivas Maldivas Baçaim
Calecute Cananor Chaul Coulão
Chittagong Cranganor Bombaim

Dadrá e Nagar-Aveli Nagapattinam

Diu Goa Hughli Timor-Leste

Damão Cisplatina Masulipatão

Malaca Molucas Flores Surate

Mazagão Mangalore Moçambique

Ternate Salsette Lourenço Marques

Nova Colónia do Sacramento Thoothukudi

Bandar Abbas Cisplatina Macau

Bante Brasil Mascate Nagasaki

Portugal:

Quanto de nossas lágrimas

salgaram os mares em que navegastes!

*Ó meu coração, faz sempre de mim*

*um homem que se indigna!*

*Mframadan*: "Casa que resiste ao vento"

Ideograma *adinkra*

## TRAMAS

minha cidade é uma teia
urdida em locais degradados
homens e mulheres antes aldeados
a habitar o entorno de rios
agora povoados
por dejetos.

o que ainda resiste em mim
são os sonhos de meus irmãos
viventes que ainda cintilam
a esperar que a noite sem fim
pegue no sono
e faíscas do fogo sagrado
possam lampejar novamente.

a visão de tanto sofrimento
são como pétalas rubras
espalhadas por um chão negro
de uma épica com sua lógica
de assombro.

com esses fragmentos
reconstruo as ruínas
de meu lar
a casa que resistirá ao vento.
erguerei novos quilombos
novas aldeias
configurações outras do estar
esboços, sistemas de escrita
*adinkra* de povos cambiantes
cânticos de uma nação
inexistente
poemas com a força alada
de palavras encantadas
orações com seus desígnios
assinalados.

## TERRA BRASILIS

ao nativo do Brasil

o não indígena é branco.

mesmo que seja preto.

*Odo Nnyew Fie Kwan*: "O amor sempre acha o caminho de casa".
Ideograma *adinkra*.

## ÓPIO

apesar de tudo
o cultivo do amor
nos aperfeiçoa
inventa saídas
reordena os dias
recria papoulas
nos jardins pisoteados
da vida.

apesar de tudo
o amor
como planta em busca
do sol
besouro à procura
do escol
sempre acha o caminho
de casa.

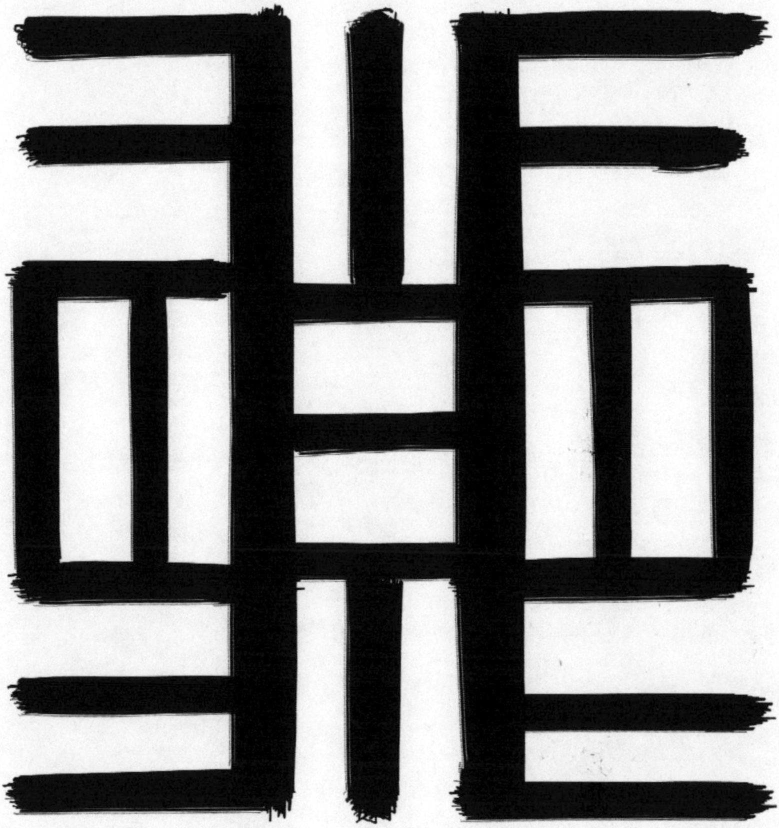

*Nea Onmim No Sua A, Ohu*: "Aquele que não sabe pode aprender".

Ideograma *adinkra*

## A ESPERA DO NUNCA MAIS

*para Nicodemos Sena*

presos na solidão da floresta
nas noites sem lua
viver, sem desesperar
os olhos verdes da mãe-d'água
o corpo dentro da rede
pássaro na mão
semeando sonhos
como das páginas de um romance.

a violência vem da cidade
a morte caiu do céu
como um flagelo
o tropel da boiada
peixe fora d'água
árvore daninha
serpente enraivecida.

quem é livre nunca se perde

quando tudo parece perdido

o ponto no horizonte

viva o (próximo) presidente!

de uma gota de orvalho
o grande oceano
se faz.
de uma partícula de pó
a gigante montanha
se perfaz.
do verdadeiro aspecto
um elegante princípio
se compraz.

*Mmere Dane*: "O tempo muda".

Ideograma *adinkra*

## DE TOCAIA

meu espírito é uma pintura
de um tempo sem início.
voa fora da pele sem restrições
pelo espaço-tempo
da eternidade.
é chama que inspira
o coração renitente dos seres.
aguarda o tempo
tocaiando o amadurecer
dos eventos.

## GARATUJAS

tudo é escrita,
mesmo a palavra
não dita.

tudo é fábula,
mesmo o enredo
sem fala.

tudo é esboço
de uma ficção
inaudita.

o tempo muda
e a história sempre
se transmuda.

*Aya*: "Samambaia".

Ideograma *adinkra*

à noite
todo desejo parece elevar-se
e evaporar-se na abóboda
dos sonhos.
ao nascer do sol
tudo se assenta ao reles
comezinho do chão.
entre os dedos dos pés
caminham em *slow motion*
rizomáticos ocupantes
do planeta
disseminam seus fluidos
e nos envolvem
com sua matéria vibrante
deglutem o amplo espectro solar
e cospem de volta a cor
da relva
em nossos olhos fumegantes.

## DISSEMINAÇÃO

há tantas plantas
que não geram flores
e são belas
como elas só.

tantas palavras
que se erguem suspensas
à espera de um ato
que as comprove.

tantos seres
deixados à margem
a renascer no pântano
improváveis
como perfumadas flores
de lótus.

## MISE EN ABYME

apesar do canal ser estreito
a seiva da vida é ampla
e profunda.
nas colinas floridas do peito
o universo em espelho
se perpetua.
a potência que move o humano
se manifesta no esplendor
da cultura.
a existência que em missão
não deságua
é como bolha na superfície
da água.

*Ontem, ao abrir os olhos para o mundo, vi o céu se retorcer de uma ponta a outra. Quis me levantar, mas o silêncio eviscerado fluía de volta para mim, com as asas paralisadas. Irresponsável, cavalgando o espaço entre o Nada e o Infinito, comecei a chorar.*

Frantz Fanon

# Da urbanitude: nota sobre "Negrura", de Edson Cruz

*Anelito de Oliveira*

Edson Cruz é um dos nomes mais ativos da cena literária brasileira dos últimos anos. Tornou-se mais conhecido pela sua atuação em revistas digitais. Inicialmente, Cronópios, já extinta; depois, Musa Rara, de que é editor. Ainda no mundo digital, realiza um belo trabalho à frente do programa de entrevistas Confraria da Palavra no Canal Kotter no YouTube.

Poeta e prosador, seu trabalho tem sede de atualidade, de exprimir, no verso, ou representar, na narrativa, o que está ainda acontecendo. Daí o seu caráter receptivo, sua disponibilidade para receber o que vem de fora, dos seus entornos imediatos, deixar que os contextos adentrem os textos. Dir-se-ia que estamos diante de uma poética da inclusão, que esbanja, por isso mesmo, uma escala de interesses muito abrangente.

Negrura nos apresenta um conjunto de poemas bem apurados, reveladores de um cuidado excessivo com a equação forma X fundo. De um lado, a necessidade premente de exprimir a questão racial, mas de outro a preocupação em não reduzir a poesia a muro de lamentações. Os contornos da problemática racial brasileira, elementos que a configuram, têm ascendência sobre as pulsões da alma neste livro informado por Fanon, Cesaire and Cie.

O senso de sensatez, para não dizer uma certa timidez, que reveste essa voz lírica por si só diz muito sobre o lugar difícil que os negros ocupam na sociedade brasileira. Um lugar de paradoxal liberdade, onde exercem, ao mesmo tempo, papéis diversos, sobretudo os mais humilhantes nos diversos segmentos. O papel, por exemplo, no segmento literário, de emissor-receptor dos próprios enunciados, emitente-destinatário de uma correspondência que, afinal, é interior, tem um mesmo endereço, embora sua mensagem não lhe pertença exclusivamente, seja uma matéria social.

Os diálogos com Cruz e Souza, Lima Barreto e Oswaldo de Camargo que aqui encontramos me parecem sugestivos dessa espécie de auto-correspondência, de intralocução. São poemas que repercutem questões que extrapolam a experiência histórica imediata do ainda jovem poeta. São, em razão disso, poemas-senhas de acesso a camadas complexas da história social negra no país. Não se pode, em outras palavras, reduzir o horizonte hermenêutico desses poemas ao autor, converter em monólogo o que se quer diálogo.

Uma das camadas complexas da história que se entremostra nesses poemas e que mais me chamam a atenção é exatamente a de um conturbado "alter", de um outro muito distorcido, que, lembrando Milton

Santos, é testemunho do próprio país, constitui uma imagem chapiscada da urbanitude, de uma condição negra, a negritude, definida em relação conflituosa com a experiência urbana. A "negrura" é índice preciso da urbanitude, da situação de desabrigo, de mendicância, de desgraça, enunciada já pelo poema de abertura ("Homeless").

Se o fundamento da "Négritude" de Leopold Senghor é de base ontológica, estimulando excessos puritanos ainda em voga por toda parte, o fundamento do conceito de urbanitude, que inventei e com o qual venho lidando há um tempo, é de base territorial: o sujeito social negro se define a partir do território que habita, o lugar que é construído por ele relacionalmente, isto é, a partir de relações objetivas e subjetivas, materiais e imateriais, ainda pensando com o grande Milton, que por sinal viveu e trabalhou em Ilhéus, terra de Edson Cruz.

Não são poucos os poemas que colocam aqui a dimensão territorial em relevo, procurando cartografar, nos limites de uma expressão poética racionalizante, uma cidade negra que atravessa o tempo presente, que precede, acede e sucede a superfície cotidiana. A negrura não constitui mera referência identitária dessa cidade, mas inscrição de uma diferença incômoda nessa cidade, que perturba a consciência que se assume como responsável, que ousa saltar de um nível ingênuo para um nível crítico.

Parece-me bastante evidente neste livro um processo de objetivação do racismo de modo antirracista, isto é, sem radicalismos que possam suscitar reações de não-negros, acusações do risível "racismo reverso", inclusive. O processo que aqui encontramos é, sobretudo, de compreensão daquilo que, em termos humanitários, constitui um paradoxo dilacerador: o racismo.

O fato é que compreensão não é aceitação, como diz Hannah Arendt, compreender é entrar nos meandros de um processo, ir lá dentro e perceber o que acontece. Daí que no fundo da negrura o poeta encontra aqui a ranhura do sujeito negro, seu estatuto dilemático, seu ser-não-sendo, seu estado de permanente instabilidade. Daí que, na escrita, encontramos rasuras brancas, interditos, interdições, impressões que nos revelam um eu num movimento de auscultação dos seus próprios sons, e sentidos.


Anelito de Oliveira

*é Doutor em Literatura Brasileira pela USP e Pós-Doutor em Teoria Literária pela Unicamp, publisher da revista Sphera e autor de "Os acampamentos insustentáveis" (Kotter Editorial), entre outros.*

## SOBRE OS ADINKRA[1]

Tradicionalmente, os *adinkra* são estampados com tinta vegetal em tecido de algodão. Adinkra significa adeus, e este tecido é usado em ocasiões fúnebres ou festivais de homenagem, para despedir-se do falecido. O *adinkra* já se tornou uma arte nacional ganense, somando mais de sessenta símbolos, destacados pelo conteúdo que trazem seus ideogramas. Conforme o mesmo texto do Centro Nacional de Cultura de Kumasi: "*Não só os desenhos do adinkra são esteticamente e idiomaticamente tradicionais, como, mais importante, incorporam, preservam e transmitem aspectos da história, filosofia, valores e normas sócio-culturais do povo de Gana*".

[1] Trecho de [*Sankofa: matrizes africanas da cultura brasileira* – v. I. Elisa Larkin Nascimento (Org.). Rio de janeiro: EduERJ, 1996, p. 20.]

Para saber mais sobre os *adinkra,* ver: "*Adinkra – Símbolos Africanos no Design Brasileiro*" no canal *Pensar Africanamente.*

Disponível em:

https://www.youtube.com/watch?v=adLopW8t-No

Edson Cruz (Ilhéus, BA) é poeta e editor da revista literária *Musa Rara* (www.musarara.com.br). Estudou música, psicologia e literatura. Seu livro de poemas, *Ilhéu* (Editora Patuá, 2013) foi semifinalista do Prêmio Portugal Telecom de 2014. Antes, lançou *Sortilégio* (poemas), em 2007, pelo selo Demônio Negro; como organizador, *Musa Fugidia [a poesia para os poetas]* pela Moinhos Editora; em 2010, uma adaptação do épico indiano, *Mahâbhârata* (prosa) pela Paulinas Editora. Em 2011, *Sambaqui* (poemas), pela Crisálida Editora. Lançou em 2016 *O canto verde das maritacas* (antologia poética), Editora Patuá. Em 2019, lançou *Trabucada* (prosa infantojuvenil), Terracota Editora. Em 2020, lançou *Pandemônio* (poemas), Kotter Editorial. Em 2021, *Fibonacci Blues* (novela fractal), Kotter Editorial e *A escrita dos ornitorrincos* (ensaios críticos), Desconcertos Editora. Mantém o blogue Sambaquis (http://sambaquis.blogspot.com) Apresenta aos sábados o programa *Confraria da Palavra* no canal da Kotter TV.

pólen soft 90 gr/m2
tipologia a760-roman
impresso no inverno de 2022